亡羊

boyo

奥田亡羊歌集

短歌研究社

目次

亡羊

I

II

装幀　コスギ・ヤヱ

亡羊

I

叫び

宛先も差出人もわからない叫びをひとつ預かっている

今日こそは言わねばならぬ一行のような電車が駅を出てゆく

青空に満ちくる声を聞きながらバットでつぶす畑のキャベツ

ぼくたちは蟬の鳴かない町に住むたがいの過去をプログラムして

だらだらと夕陽に溶けてゆきそうな会議が不意に笑いはじめる

平身低頭謝っている鼻先で羊羹2ミリ動いたようだ

身のほどを知れと言われて大いなる机かついで帰り来りぬ

負けるしかなくて摑んだ夕焼けを呪文のように引きずっている

原色のネオンの街を揺らしつつ手相のように河が流れる

風に舞う木の葉みたいにおもてうら殴られている月給男

兵役につくこともなく三十を過ぎてつまらぬものを殴りぬ

しめやかに首をかかげて現れるヘアーサロンの僕のサロメは

アステアの砂のダンスのステップで浮浪者を蹴る月の夜の子ら

自動販売機の光の繭につつまれたコーラでもいい僕たちの明日

僕たちのもたれて眠る自販機が夜に煌々と夢をひろげる

この国の平和におれは旗ふって横断歩道を渡っていたが

砲弾がはるかな空をよぎる日のみずうみを脱ぐ蛇の恍惚

青空の兵士の歌を聞いていた耳の穴から蟻が出て来る

手は空へ伸びては枯れてゆくものかビーチボールの落ちてくる間も

廃船を蹴って真昼へ泳ぎだす女ばかりの村を眠らせ

矢印のような帽子を被りつつ僕らは前に歩くだけです

うす暗い路地に女が吸われゆきやがて吐息のように出てくる

ほめられてぺろぺろ舐めて舐められてひとりになれてやっとさびしい

椿の葉ひとつひとつが輝ける二月の朝に君の訃を聞く

地図にない孤島のように閉じてゆく憎しみさえもふたりの時間

のどかなる一日《ひとひ》を死者よりたまわりて商店街のはずれまで行く

さびさびと日の照る原のただ中におれの背中を立てかけてくる

青空へ続く扉の呼び鈴を押してる俺はあいにく留守だ

また蝉が鳴いていますね僕たちが滲《し》み込んでゆく未来の中で

電磁波の渚

カメラという凶器をひとに突きつけて世間話を二つ三つする

言葉にはならぬ思いを聞き役のアナウンサーがすらすらと言う

あでやかに人の微笑むモニターのうしろに絡むゴムの脊椎

映像に語らせるべく文体は形容詞からむしり取られる
一行を拾いに落ちてゆく闇の深さばかりが俺であるのか

合唱の無数の口が開くときつながっている子供らの闇

「耳を赤くぬりませうね」と親たちが子らに購うゴッホのぬり絵

くたびれた新幹線が草むらの兎みたいにじっとしている

いっせいに旗のはためく真夜中のテレビの前に眠る子供たち

スプーンを覗き込んでは春の日をぼくは逆さに老いてゆくのか

走り出す笑うぶつかる迸る水の尻尾をつかまえている

電磁波の渚にあそぶ子供たちイルカのように笑いさざめく

麦と砲弾

兵士1　ニンゲンは
兵士2　犬に食われてしまうほど
兵士3　自由なりけり
兵士4　空が青いな

＊

スタジオの光と闇の境界にストップウォッチの秒針見つむ

兵士1　極楽の池に浮かんで見るような
兵士2　極彩色の夕焼けである

人あまた死にし野原にのんびりと夕焼け雲を置くホリゾント

猿人　ある秋のひと日にぼくは立ち上がり
背中がとても遠かったのだ

本番開始十秒前の秒読みの声は光へ入りてゆきたり

アナウンサー　（ミルクの中に大きな虫がいるような）
秋のあかるい朝がきました。

もっと自然に撒けという指示インカムに聞きつつ撒けるビニールの紅葉

気象予報士　（雨の日に）雨が降り（おり
晴れた日に）風が吹き（おり
母が死に）ました。

フロアーに影を失くして立つ人の言葉夜ごとに書き連ねおり

昆虫1　石の隙間に
昆虫2　しばしを会えり
昆虫1　草が生えていて
昆虫2　空が見えていて
昆虫1・2　鳴けり

午前二時　編集室のスイッチら押せよ押せよと我に瞬く

早送りすればきゅるきゅる鳴きいしがあるところより鳴かずなりたり

子供1　めくるめく
子供2　未来に胸を熱くして
子供3　電子レンジに
子供4　卵がまわる

まつぶさに見尽くす我か逆再生《リバース》にもの食う人らものを置きつつ

編集点わからぬようにインサートする場違いな司会者の頷き

女（一六歳）金色の
女（二四歳）木の実ころがる
女（三二歳）山のうらへ
女（四〇歳）あなたはとうに
女（九六歳）行ってしまった

飛行船渋谷の夜に現れて光の文字を流してゆけり

踏切に立つたび闇をやってきて僕らを照らす電車の光

男　びょうびょうと犬を鳴かせる枯野なり
（男消えて）　我去りしのちここにいて我は

遅刻せる我を殴りしカメラマンはや死にたれば今日は我が怒りぬ

少年　しずけさへ
老人　雲雀啼きつつ上りゆく
少年　十七歳を
老人　われは疲れたり

台本に（笑）とあればスタジオに人ら笑いて番組おわる

真夜中のコインランドリーに眠りいる遊び疲れた俺を見かける

子供1　屋上から
子供2　まっすぐ落ちてゆく亀の
子供3　甲羅が割れて
子供4　始まる夏！

夜の街のひとつところがしっとりと華やぐあれは喧嘩なんだな
西新宿の赤いランプの明滅がだんだんずれてゆくように見ゆ

少年　戸を引けば
老人　白き真昼のまぶしさに
少年　蟬が鳴きおり
老人　じゃあさようなら

河の日暮れうつる画面に犬二匹われにはあらぬ誰か食いおり

兵士　砲弾は錆びゆく
女　麦は青みゆく
兵士　僕らはいない
女　永遠にいる

＊「ニンゲンは犬に食われるほど自由だ。」藤原新也『東京漂流』

手首

パリ・ユダヤ人記念館

刃物のあと見分けられぬほど老人の手首の肉崩れおり

ユダヤ人記念館にて入場券さし出せる手のこれは手首か

フランス語解さぬ我にしばらくは流れぬ水の目もて語りぬ

頭から麻の袋を被りいて何の行者か身を揺する見つ

スクリーンの中しっとりと霧ながれ鉄条網に人下がりおり

夏　草

ソウル・京城監獄跡

白砂に蟬の骸の光りいる監獄跡をわれは歩めり

絞首刑場

木造の校舎にも似て教壇のロープの下に椅子はありたり

耳をそぐ民族として子供たちの見ている前を連れられてゆく

学校で習いしという老人の命令形の多き日本語

底のない柄杓で水を汲むように金老人《キム》は我にやさしき

夏草にカーブミラーが倒れいて空を流れる雲を見ている

監獄の壁が切り抜く青空に子らの呼び合う声が聞える

一日を終えてホテルの浴槽の乾ける底に指は触れたり

愛欲も積徳なりと金嬉老ねむる真昼に鳴く虎鶫

国境の河に列べる橋脚を傘の柄しばし温めて見つ

石像の群

つり革に腕を１０００本ぶらさげて明日の平和を祈願している

夕映えをぎんぎんぎらぎら突き進む俯いている詩人を乗せて

またいつか逢いましょうねと水爆が甘く切なく歌い始める

黒煙の中を静かに歩み来る柔らかそうな石像の群

叫ぶひと頽《くずお》るるひと祈るひと貪るように俺を見るひと

垂直に走る叫びが崩れゆく肉塊として君を立たせる

青空に奇妙な果実ぶらさがり熟れたんだろう落ちて来るのは

逆さまにビルから人が落ちてゆく顔まで見えて人はひとりだ

鉄の卵

神学校やめし理由を召されつつ選ばれざりきと老人語りぬ

基督のすがた見えなくなるまでを基督を踏む肉のやさしさ

祖父の書架につねひっそりと立ちていし松尾あつゆき『原爆句抄』

長崎原爆資料館

ファットマンと呼ばるるぐわんとした鉄の卵がぶらさがりおり

一九四五年八月九日一一時〇二分木の幹へ入りたるままの茶碗の破片

まっすぐに将棋の駒と人と飛び壁に当たりてやがて落ちけむ

板塀に人と梯子の影はあり影を残して人はゆきたり

上半身に小さき紫斑浮かびいて初期と書かれし少女の写真

ゆっくりと天へ昇ってゆくごとく雪は降りおり原爆落下中心地

夏石番矢「降る雪を仰げば昇天するごとし」

II

梟首

十字路にマンホールの蓋が灼けている革靴で踏む俺のふるさと

カウンターより背の低き老婆二人いき千本今出川喫茶店「静香」

故郷の屋根ひしめけば来る驟雨　山鉾町に鉾は立ちたり

炎天に汗拭いつつ円谷幸吉の遺書のようなる礼を言う人

金屛にあるかなきかの影ありてあわれ四、五人樽を打ちたり

友禅の小袖の襟に鬢付の染みほの暗く展示されおり

宵宮の金魚すくいの店の上に大きなる赤い金魚ともりぬ

櫛比する軒を左右に蹴り分けてゆさりゆさりと渡る長刀

山も鉾も高きに鉦を鳴らしつつ死んだ魚のように過ぎゆく

古地図見ればば梟首《きょうしゅ》と墨で書かれあり若き日われの働きいしところ

父祖

わが父祖の吾から数えて五人目に斬り殺されし男ありけり

暗殺の事情不明と記されてその項おわる史書の中ほど

「大阪に門戸を構へ和歌を講ず」鈴木《すずき》重胤《しげたね》二十七歳

晩年は旅に生きたり点々と刺客に怯ゆる文を残して

「右の者逆賊に付き天誅を加へし」と書く札は立ちたり

何をして殺されけるや祖父と吾のあっけらかんとものを食う癖

重胤著『大祓講義《おおはらえこうぎ》』読了す右も左もなべてわからず

正しきを正しいと言う容易《たやす》さをひょろひょろ生きて逆賊の裔

唐大和上

大いなる梁の折るるを夢に聞き師の命終を知りし弟子あり

死して三日その頭頂の温かりきと東征伝に記述ありけり

何を待ちし三日ならむや頭頂に置かれたる手は寒かりけむのちを

身罷りて二日三日と腐りゆく師を囲みつつしずかなりしか

即身成仏せずなりしより針のごとく生まれ初めけむ師へのうたがい

閉じし眼の左右対称にあらざるを漆の顔に彫りたる仏師

やすらかなる死に顔にして結跏せる唐大和上鑑真の像

III

かぼちゃランプ

石段の半ばをふたり歩みおり月の光に影を折りつつ

ハロウィンのかぼちゃランプの明滅の暗くなるときかぼちゃ笑えり

君はもう寝ているだろう真夜中の神社にも咲く緑の電話

脱ぎ捨てた服のかたちに疲れても俺が求めるお前にはなるな

ふたりとも一人ぼっちになりそうな静かな夜の梨をむく音

じんじんと人に焦がれている夜も誰にやさしい俺ではなくて

ひとりずつ他人の中に住んでいる自分自身を育てては消す

七月の燕

妻の語る恋の話に我が妻を蔑む男あらわれて消ゆ

われを待つ妻のひとりの食卓にしぼんでいった花の数々

折れるほど抱きしめるのに俺たちがただ棒切れのような日もある

湿っぽい恋ならするな七月の燕のように飛べよ我が妻

妻の住む部屋を探しぬ我が妻と二人で為せることの最後に

ふたたびは座ることなき場所としてお前が残す家具のない部屋

何もない部屋の日暮れに点してはガスの炎を楽しんでいる

からっぽの箱に言葉を詰め込んで残そうとした俺たちである

永遠に話し続けているだろう旅の途中は旅の話を

眠る町

眠りいる町をそぞろに歩み来ぬ坂に座れば坂のつめたき

月光の降りくる町に立ちて眠るラドン松の湯の黒き煙突

夜の坂に背中あずけて見てあれば深きところを雲が行くなり

床屋

散髪をされつつ聞ける「ラジオ子ども電話相談室」何歳ならむ無着先生

だれに問う明るさなりや少年はなんでお腹がすくのかという

おばさんはうぃーんうぃーんとバリカンを唸らせてみて少し楽しげ

やや熱き泡を頭にのせられて神妙に聞くかみそりの音

二十五年われは床屋をかえざりき今日は二人で見送りてくれぬ

モデルルーム

マンションのモデルルームの窓ちかく佇みいしが奥へ消えたり

転勤のせわしささえも傍らに人ありし日のわれの華やぎ

食卓の花には影のないように用心深くわれら暮らしき

我の背に手を触れものを問いし人みな頷きて去りてゆきたり

カレンダーとめにし穴は残りおらむ家具なき部屋に昼はあかるく

辞令書

職を捨てて人に頭を下げるかと思えば母は悲しいという

目の前に母を泣かせて何ゆえに俺のこころの鎮もりてゆく

辞令書の四隅の余白広々とさあどこへでも行けというのだ

シンバルを叩き続ける猿の子の壊れた父はやさしかりけり

我は岸に父は筏にたゆたいて二つの黒き傘の離りぬ

腕なくば箸を使わぬ食い方があるのだ天に揺れる向日葵

何もするな焚火以外

棒名山麓に転居

鳥のむくろ土間に乾びていたりしを焚火にくべて住み始めたり

火の中に古き机がゆっくりと膝を落としてくずおれてゆく

ことごとく舌を抜かれて火だるまの衣装箪笥が笑い転げる

生真面目な塩ビ波板おもむろにニヤリと裂けて燃え落ちにけり

自転車を燃やせば秋の青空にぱーんぱーんと音がするなり

蝙蝠がこころごころに夕空を高くして飛ぶ広くして飛ぶ

明日もまた何もするなと言うような私自身の夕暮れである

鳥食いし蛇

榛名まで関東平野まったいら俺を泣かせる返事も来ない

柿の木に身を巻き付けていたりけり切なかろうよ鳥食いし蛇

図画室の椅子が転げているように足を伸ばして死んでいる豚

近づけば尻より退《すさ》る母牛にたまねぎ一個投げてやりたり

自転車の籠にたまねぎ躍らせて俺も畑も夕焼けている

草の庭

庭の草屋根より高くそよぎいしが下の方から枯れてゆくなり

語りつつ人の言葉と気付きおり人と別れて一年は過ぎ

草の葉のひとつひとつを打つ雨よ妻には妻の恋も死もあり

かかかんと指で茶筒を鳴らしおり泣きたい俺はどこにいるのか

日に三度わが庭に来る野良犬の撫ずれば熱きけだものの腹

夕闇にぼんやり白く浮かびいる洗濯機までけものみちあり

長き貨車だらんだらんと出で来たるトンネルのごと我が哭きおり

今も我とわが妻ともに住んでおらむ新蒲田二丁目二十一番地

いいと言うのに駅のホームに立っていて俺を見送る俺とその妻

届かざる手紙一通戻りきぬ秋の一日は広々とあり

顔も名も違う男がてのひらの傷痕《きず》をあなたに見せるであろう

食卓の下に組まるる足のなき真昼間深く椅子をさしこむ

田を焼く

風二夜吹きて稲穂を乾かせり田へのんびりと行くコンバイン

ざくりざくり稲穂の波へ入りゆけば見ゆるかぎりの大地かたむく

田を二枚焼くのが今日の仕事なりライターの火を近づけてゆく

三十個の藁のブロック捧げ持つフォークリフトの脇の下見ゆ

新しきゴム長靴のつまさきを雲ひんやりと流れゆきたり

夕焼けて丸太のような一日をまたいで入るドラム缶風呂

牛の太郎

百頭の牛が一年食うという藁を積みおり藁まみれなり

手伝えと言われるままにおずおずと牛の踵をわれも蹴りおり

小便を漏らすつかのま悲しげに牛の太郎がおれを見ている

からっぽの囲いに秋の日は射せり忘れ物などあるはずもなく

押せばおれを押し潰さんと戻り来る全存在をかけて枝肉は

枝肉の怒り鋭し身を反れどぶち切られおり四肢は半ばに

肉等級A4にして良き肉と褒められにけり死んで太郎は

まっすぐに走るは鉤の意志にしてゆらりと肉が部屋を出てゆく

映画館の椅子

二〇〇二年十一月十九日、映画評論家・進藤七生死去。進藤氏は私の勤めていたテレビ局の先輩ディレクターでもあった。一九九九年、私は彼と「古典への招待」という番組を作っていた。歌人・佐佐木幸綱はその番組の出演者だった。

君が逝き君の知らない初めての朝がこんなに美しいのだ

「切腹」も「下郎の首」もわれは見き君のすすめし映画にしあれば

酒を飲めぬ我がため君は幸綱を酒に誘いき仕事果つるたび

もう死ぬと知りたる日にも映画館の椅子に座りに行ったのだろう

会う人、会う人みな笑わせて笑いおりき　こわかったろうひとり死ぬのは

君の書きし本にあふるる映画の名すべて見たしと我は思うも

葱を枕に

ストーブの灯油たぷんと鳴るのみの夜の真ん中に座りておりぬ

蛍光灯の光まといて真夜中の鏡の奥に歯を磨くなり

冬の月しろく照りいる路地裏に葱を枕に眠る葱の束

山の夜を雪は降りおり降り積もりやがて眼を閉じてゆく沼

元旦のパンにひそめる干葡萄みなひんやりと冷えている食う

注連縄の捨てられあわき日の中へ藁の香りを放ちいるなり

袈裟掛けに妻を斬りたる机竜之助の無頼たのしむ風邪の布団に

別るる日妻が教えてくれたりし蕪のスープをきょうは食いおり

冬の日のしずかにあたる山並みが滲み始める煙突の上

わさび田といえどもただの雪の原ずぼりずぼりと足を挿しておく

白梅

花ばかりとても綺麗に見えるのでどうしていいかわからぬと言う

白梅の林の中に振り向けば耳を塞ぎて友は立ちおり

「爽快さみんな忘れてしまうんだ電気ショックを受けたあとには」

コーンスープをこぼさぬように口へ運ぶ一匙ごとに疲れゆくらし

仕事を辞めてお前はやさしくなったなと言われておりぬ　そうかも知れぬ

くたびれた軍手が燃えるうつくしさ人は眠りぬ我も眠らむ

水甕

女子少年院

少女らと向き合いしとき教室の外より鍵を掛くる音しつ

十人の少女の中に我を見上げさらさらと笑むひとりありたり

十六歳の短歌

母をふたつ重ねてははと読ますらし「母母に会いたい」「母母が泣いてた」

かつて一度ひとを殺してしまいたる子の語りつつ真昼しずけし

木陰あれば水甕を置くやさしさを思う昼なり愛恋は知らず

IV

屋根のある橋

細密画の蝿あさがおにとまりいてしんと明るきスキポール空港のトイレ

レンブラント自画像展の部屋ごとに老人の顔老いてゆくなり

村人ら雪に遊べる絵の中を猟銃を背に帰り来る一人

屋根のあるやさしき橋の架かりおり花という名の古き都に

ジョットーの失楽園の絵は古りて人の嘆きのよく見えずけり

でんでん虫の殻に入ってゆくようなサグラダ・ファミリアまだ工事中

飛ぶようで飛ばないようで飛ぶようでアンリ・マチスの水色の鳥

フランス製ベッドカバーに「株」「式」の文字あり見れば枕にもあり

フランスの牡蠣ヒロシマの牡蠣が救いしと語りて人の誇らしげなる

ムンク石版画に抱擁をせる人の顔白くつながりおればさみしき

見たき絵の少なくなりてブリューゲル、グリューネヴァルトの祭壇画のみ

夕暮れに人はやさしくなりにけりサン＝テグジュペリ空にいし頃

子どもの樹

月明のアグン山上無住寺に影を持ちたり塔と犬と我と

スラウエシ島タナ・トラジャ

母乳のごとき真白き樹液ながるれば児らをこの樹に葬るという

幹にあまた小さき菰《こも》の懸かりいて低きひとつは新しき菰

白き児のむくろ身ぬちに絞りつつ空へ空へと急ぐ一本《ひともと》

乳呑み児の眠りはるけし洞《うろ》はいま女陰のごとく閉じておりたり

風光る

犬走る、俺走る、犬もっと走る、俺もっと走る、菜の花だけになって
河口よ

風に草光るよ君に会いにゆく顔の裏まで春のがらんどう

雪柳ぽわりぽわりと咲いていてにょろにょろとある哲学の道

見下ろすたび空車スペース変わりいて鍵盤のような春の駐車場

梅原龍三郎の鉛筆デッサンの乳首ぐるぐる渦巻きており

奥村土牛の城を見上げる絵の奥のあんなところに青空がある

春雨のしずかに濡らす屋根がありその屋根の下ふたつ舌があり

アンデスミート

ジャム瓶の口に凭るるスプーンの細長き柄の先端五月

はちみつの中をのんびり上りゆく気泡ありたり微かなる地震《なゐ》

ネクタイの森を花野を鳥たちをおのおの首にぶら下げて我ら

ひらひらと金魚うしろに泳がせつつ司法を語る友とその妻

電灯の下に芝生の広がりて鮫の泳げるような風来つ

腹這いて見おれば草に脚を入れのそりのそりと来る猫のあり

やさしかりし人のこころを計りつつ段《きだ》くだり来て地下鉄を待つ

地下鉄がごわごわごわあと来ては行く一人ひとりの光の駅を

あれこれとやりっぱなしの鰯雲そらに浮かべて髭剃られおり

アンデスミートに普通の肉の売られいて商店街に夕暮れは来ぬ
アンデスミートは近所の肉屋の名前

モデル犬カタログに盲導犬、警察犬、愛玩犬あり野良犬もあり

屋上に動物のいて日の暮れは思い思いの声に鳴きおり

震災はいまだ来らず満月の下をゆうらり自転車のゆく

近道をすれば遠くに出てしまうすすきが原のような明日よ

広き卓《つくえ》にひとり座れば人を撫み向こう側にも行きて座らむぞ

V

島とんがらし

泡盛の壜にゆらゆら沈みつつ浮かびつつ島のとんがらし

豚の耳こりこりとしてなにとなく清しきものを食うここちせり

ラフテーの脂身箸の先で割き人黙しおりしばしを泣きて

時計の振り子とろとろ揺れすまないと思ったら食えぬ飯がある

膵臓がんの術後を語るテレビなれど転移のことには触れず終りき

我、空ろなる箱なれば

背中しか残らないよと笑う君に手術をせよと我は告ぐるのみ

奄美大島の海を見せむという君についてきて見る海に降る雨

田中一村旧宅

一村が棲みし庵に一村の描きにしバナナ今をなりたり

部屋ごとに君を残して美術館めぐり終りぬ　降りつづく雨

頼みおきし大島紬の一反を肩に掛けつつ似合うかと聞く

鶏飯《けいはん》は旨しよ君が喜べばどんぶり六杯食ってみせたり

木石のゆえに頼りになることもあると答えつ愛を問われて

ゆっくりと服脱ぎ捨てて「見よ」と言う我が見たるのち拾いつつ着る

抱き合うたびに怯ゆるこころあり竹のごとくに我ら鳴りいむ

骨盤でからだ支えて歩みおり昨日より今日痩せて君おり

一晩中血が滴りて止まらざりと君は怯ゆる君の体に

痛いようと細く洩らせる声を聞けり有らぬところに手を握りつつ

クリスマス・キルトの裏の不揃いな縫い目をわれら笑い合いしが

五、六針縫い終えしのち一針を縫えなくなりて置いてある布

痛み止めの青きを三粒もらいたり急患として二時間を待ち

夜ごと来る快楽《けらく》を今は生きいるか傍らに声はつか汗ばみ

握りしむる我をロープと思うまでもういいようと岸を離りつ

待合室の笹の葉先が枯れている痛みを遠く今は眠りいて

逆縁にならないように子の母はクローゼットに首をくくりき

語りかけし言葉の糸をほどきつつ沈んでゆける白き手が見ゆ

死ぬ前に死んでよいかと問われたり我うつろなる箱なれば振れ

目瞑れば片頬あつし冬の日の遠くにありて人が死んでゆく

我の名を夜ごとに呼びし手のごとく芭蕉枯れゆく陽だまりの中

友にあらず妻にもあらず女よと心にて呼ぶこともなかりき

我らには先に逝きたるものあれば母として逝け待ちているらむ

第一発見者

女が睡眠薬を飲んでクローゼットの把手で首を縊った。部屋に入ったとき、すでに意識はなかった。救急病院で医師に、彼女の病気と半年前に受けた手術のことを伝えた。しかし、胃の洗浄にあたった看護婦は、そのような手術痕はないと言った。

ＡＥＤの電極貼らるる一時を人の体の晒されてあり

ＡＥＤ　救急用の簡易除細動器

仰向けに置かれて人が頭から廊下の奥へ運ばれてゆく

縊死未遂、現場、第一発見者、はや名称はありて運びぬ

刑事ふたり部屋の屑かご返しつつ空きし薬のケースを並ぶ

隣室にウェディングドレス掛かれるを見ており　刑事らに見られつつ

「ちかぢか彼女に結婚の予定があったのですか」「いいえ、私は聞いていません」

救急車の代金はいくらですかと刑事に聞きぬ何ゆえに我は瞋り

入院道具一式そろえてからの自殺なれば次は必ず死ねよと伝えき

闇

歯を磨く俺が笑っていたようだ　顔の中から顔が生まれる

ぬばたまの闇と一つになりて知りぬ闇となりたるもう一人いる

人体標本展

七体の胎児標本アクリルの白き光の上に憩える

八か月胎児の標本あきらめているように横になり目を瞑りおり

少年の机に倚れる標本の背中みごとに開かれてあり

重なれる表情筋の傍らにまごうことなく死んでいる耳

肋骨と大胸筋に包まれて胸腔ひろく深くありたり

全身骨格筋標本の女の足の美しき脛の骨

男性生殖器の標本小さく縮こまり付け根に鳥肌の立ちてあり

ゆく秋の

仰向けに川が流れてゆく秋を乱歩は蔵に籠りしという

ゆく秋の日かげに縮み日だまりに伸びてのんびりくる中央線

ラフカディオ・ハーンの見たる日本の女かなしも菊の花食う

「昼顔」に笑わぬ女優「哀しみのトリスターナ」に忽然と噛えり

洋梨を食みつつ息を抜くときに梨の香のする顔の裏側

鳥の名前

第三次中東戦争勃発の日

パレスチナに人殺さるる謐けさを聞きつつ我は生まれ来にけり

小鳥屋へ鳥の名前を聞きにゆくボルトの箱に羽ばたきを持ち

我のいない日の木漏れ日を人のことを鈴振るごとく語りいて母よ

撃たるればにわかに皺み美しき目をして象は倒るるという

白き雲ながるる水を跨ぐとき巨人のごとく我は老いたり

動物園

十二頭のキリンの檻に六本の欅立ちおりダチョウも歩く

動くともなきモウコノウマより遠からず白木蓮は花盛りなり

チンパンジーおのれのふんの出で来るを待ちて握りてつくづくと見つ

首ふり尻尾ふり足動かさず日本最高齢の象アヌーラのダンス

一日の二十時間を眠るというコアラ二匹の寝ているを見ぬ

あわき日にあわき影ひくコウノトリかたかた鳴きて鎮もりにけり

動物園にアジアゾーン、アフリカゾーン、オーストラリアゾーンあり
どこも菫咲く

まぶたにも縞を持ちたる縞馬に桜の花の降りやまずけり

欅の花

黒豆のような車が走りおり涅槃西風なる風の吹くころ

重治の詩集読みたし春の草に畳は二日燃え続けたり

花までは十日ほどかと見上ぐれば油のごとき雨の降り来る

花びらの水面に渦は生まれたり大きな鯉の過ぎゆきにけむ

もの思うごとくしずかに沈みゆき花びらひとつふたつ吐きたり

月光の麦の畑の真ん中の古墳は旅をしてきたような

石の上に座りて空を見てあれば欅の花の降るばかりなり

一日はあっけらかんと広くして薬罐でいれた茶を飲んでいる

アームレスリング強き選手のこらえつつ骨折るを見てこころ疲るる

竹の子を煮ればぐつぐつ竹の子のあく浮きにけり切りのない若さ

新緑の下を涼しき風ゆきてシッダールタの歩み思ほゆ

耄けなば日すがらあわき影ひきて廻るであろう榛名火口湖

跋

佐佐木幸綱

1

奥田亡羊君とはじめて会ったのは、NHK教育テレビ「古典への招待」という番組の収録スタジオだったと思う。古典を話題にした高校生および古典愛好者がターゲットの三十分番組で、私は、『万葉集』とか「和泉式部」とか「西行」とか、一回ごとに古典歌集や古典歌人を話題にしてしゃべることになっていた。もちろん私だけではなく、他に『源氏物語』とか『徒然草』や「西鶴」をしゃべる人もいて、週一回オンエアされる。奥田君はそんな番組の担当ディレクターの一人として私の前にあらわれた。

テレビ・ディレクターとは映画でいえば監督の役割で、番組の演出から録画現場のじっさいまでを指揮する。台本を書いたり、写真や図版をそろえたり、当日のあれこれを細かく指示したり、つまりその番組の全体を仕切る人として奥田君は私の前にあらわれたのだった。まだ大学を出て間もないころで、若々しい姿勢のいい青年、と私の目にはうつった。ディレクターには、ひどく雄弁な人や妙に腰の低い人もいたりするが、奥田君は、どちらかというと寡黙で、言葉づかいはていねいだが、はっきりと物を言う人という印象だった。

あとで聞くと、そのころからもう短歌を作っていたらしいが、そんなことはおくびにも出さなかった。それからしばらくして奥田君は「心の花」に入会、歌誌「心の花」に作品を発表し、「東京歌会」に参加するようになった。

また、それからほどなくしてＮＨＫを退社し、二、三年間、一人で田舎暮らしをした。本歌集には、テレビ放送関係の歌があり、一方、田舎暮らしの歌があるのは、そうしたじっさいにもとづいている。また本歌集にはややずっこけた歌がおりおり見うけられる。真面目な態度と風貌の著者とのギャップが楽しい。

2

奥田亡羊の歌に、私は、三点の特色を見ている。三点はどれも現代歌壇が求めているもので、本歌集の校正刷りを読んで、ああこういう形で新しい芽吹きがなされるのかと納得する。そのことを記しておきたい。

第一は、独特な映像感覚。テレビ・ディレクター時代の体験と関係があるのかもしれないが、体験だけではこうはゆかない。たとえばこのような歌がある。

冬の日のしずかにあたる山並みが滲み始める煙突の上

春雨のしずかに濡らす屋根がありその屋根の下ふたつ舌があり

映像的と言えばそうも言えるが、テレビ・カメラのレンズには映らない独特の映像である。前者では「滲み始める」がカメラと言葉のちがうところだ。言葉でないと表現できない微妙なところをとらえている。後者はカメラではとらえにくいデフォルメの仕方で、映像的表現を達成している。

本歌集の読者は、どのページを開いてもこういう独特の映像を楽しむことができる。

逆さまにビルから人が落ちてゆく顔まで見えて人はひとりだ
カウンターより背の低き老婆二人いき千本今出川喫茶店「静香」
身罷りて二日三日と腐りゆく師を囲みつつしずかなりしか
我は岸に父は筏にたゆたいて二つの黒き傘の離りぬ
はちみつの中をのんびり上りゆく気泡ありたり微かなる地震《ない》
白き雲ながるる水を跨ぐとき巨人のごとく我は老いたり

私は、たとえばこういう歌の映像におどろいたり、楽しんだりした。

第二に、新しい「男歌」の可能性に注目する。「男歌」は、このユニセックスの時代にドンキホーテ的位置にあるようだが、そこを逆手にとって、面白うてやがて悲しい「孤独な男」像を本歌集は実現している。

広き卓《つくえ》にひとり座れば人を無み向こう側にも行きて座らむぞ
平身低頭謝っている鼻先で羊羹2ミリ動いたようだ
身のほどを知れと言われて大いなる机かついで帰り来りぬ
じんじんと人に焦がれている夜も誰にやさしい俺ではなくて
ひとりずつ他人の中に住んでいる自分自身を育てては消す
長き貨車だらんだらんと出で来たるトンネルのごと我が哭きおり

最後の歌は比喩だが、それ以外は単なる比喩ではない。みじめな〈われ〉を引き受ける志が読める歌である。

パフォーマンスの歌、ナンセンスの歌、自己劇化の歌がそらぞらしく見えてきはじめた昨今である。混迷の現代短歌はどういう方向にゆくのだろう。こういう〈われ〉の引き受け方をうたう歌は今までになかった。あるいはこうした歌が、新しい方向を示唆しているのかもしれない。

3

第三点に入る前に脇道にそれる。

一度聞いたら忘れられない「亡羊」という名前を歌壇が知ったのは、「短歌研究」（九九年九月号）によってだった。この号に「短歌研究新人賞」が発表され、奥田亡羊「砂のダンス」が次席となった。選考にかかわったのは塚本邦雄、岡井隆、馬場あき子、島田修二、石川不二子、高野公彦、佐佐木幸綱の七人。

島田修二と私が一位に推し、岡井、馬場もかなり高く評価している。中でも島田は「この人に次代を託そう」という気持ちだ、と大絶賛した。その「砂のダンス」は、一部分手を入れて、またタイトルを「叫び」と変えて本歌集の最初に収録されている。

宛先も差出人もわからない叫びをひとつ預かっている
今日こそは言わねばならぬ一行のような電車が駅を出てゆく

冒頭部のこの二首は選考会で大いに話題になった。前者は「預かっている」がポイントである。島田修二は「述志であろう」と言っているが、「叫び」を預かってしまった責任をうたっているわけで、島田の言う通りだと思う。後者は、電車に乗り遅れた場面を読者は思い浮かべていいのだろう。私は選評で「切ない歌」とし、「タイミングの悪さ、ちぐはぐさの表現が切ないのである」と論評した。今、見たみじめな〈われ〉を引き受ける「男歌」である。

その六年後の〇五年、奥田亡羊は再挑戦して「短歌研究新人賞」を受賞した。その時の作が「麦と砲弾」。選考委員は、塚本邦雄と穂村弘が入れ替わっただけで、あとは上記のメンバーと同じ。一位に推したのは、穂村弘と私である。穂村と私が推奨した作を上げておこう。前者は穂村、後者は私が引用している。

早送りすればきゅるきゅる鳴きいしがあるところより鳴かずなりたり
まつぶさに見尽くす我か逆再生《リバース》にもの食う人らものを置きつつ

穂村評は次の通りだった。

「『兵士』『アナウンサー』『女』など発話者の設定が面白く、発語との関係において効果を挙げている。意欲的な連作構成をとりつつ、例えば（引用作）などの表現には、従来の短歌的な資産を生かす意識が感じられる。もっと作品を読みたいと思わせる」。

一方、私はこう記している。

「生と死、戦争と平和、人と猿、少年と老人、晴と雨、再生と逆再生といった対立する概念が相対化されてしまった不思議なイメージをうたう。挑戦的な姿勢、大胆な構想力を推したい。テレビ局の収録スタジオ、渋谷、新宿の街を現場として、間に、複数者のセリフを組み合わせた短歌をはさんだ実験作三十首。引用作など、一首取り上げても、佳作が多い」。

4

さて、第三である。歴史・伝統への興味を指摘しておきたい。

穂村が「短歌的な資産を活かす意識」と言っていたのは、歌を定型詩としてだけとらえるのではなく、伝統詩としてとらえる奥田の感覚を読み取っていた、と理解してよさそうだ。

また、〈宛先も差出人もわからない叫びをひとつ預かっている〉という歌は、本歌集の中に置いて読むとよくわかるが、「叫び」とは、前の時代からの預かりものなのだ。本歌集には、「パリ・ユダヤ人記念館」「ソウル・京城監獄跡」「長崎原爆資料館」等、前の時代の叫びや叫べなかった人たちに取材した作がある。父祖たちをうたった歌がある。「預かっている」とはつまり、先人たちの叫びを預かり、そのことを大切にする生き方への意志の表明であろう。島田修二はそれを述志と呼んでいた。

歴史は単なる過去ではない。現代が預かっている先人の叫びなのである。

こういうと、すごく立派なことばかりをうたっているようだが、そうではない。じつは「ひょろひょろ」なのである。そこが奥田亡羊の独特なところだ。

正しきを正しいと言う容易《たやす》さをひょろひょろ生きて逆賊の裔

歴史はスタティックではない。ダイナミックである。だから、まともに歴史を預かった側はついよろめかざるをえない。一首はそんなみじめな自分をそのまま見せている。そういえばたしか、奥田亡羊は大学で歴史を専攻したはずである。

5

奥田君の世代は、歌壇でも「心の花」でも多士済々、すぐれた才能が多い。「心の花」にかぎっても、大口玲子、矢部雅之、田中拓也、横山未来子、小川真理子、本田一弘、駒田晶子、堀越貴乃たちがすでに頭角を現している。奥田君は、こうした同世代の仲間にもまれ、ライバルと磨きあって成長を遂げてきた。

俵万智、谷岡亜紀の次の世代としての期待や好奇心を重荷とは感じないのが、奥田君たちの世代の特色だろう。とらわれるところがない。多彩である。自由である。私の第一歌集のころを思い出すと、うらやましい限りだ。

二〇〇七年五月四日

あとがき

これは私の第一歌集である。一九九九年から二〇〇六年までに制作した三四〇首を収めた。年齢では三十二歳から三十九歳までの時期にあたる。
生活の上では、その間にさまざまなことがあった。十一年勤めた仕事を辞め、離婚し、榛名山麓に移り住んだ。使われていない農家を借り、貯えの続くうちは働くまいと決めて一年半ほど何もしなかった。
農家の庭には人の胸の高さほどの大きな石があった。草は伸びるに任せていたので、夏の間はその石が私の居場所となった。

夕ぐれの時はよい時。
かぎりなくやさしいひと時。

昔おぼえた堀口大學の詩の一節を思い出すこともあった。また、西行の鴫立つ沢の歌と再び出会ったのも、この無為な時間の中においてである。

心なき身にもあはれは知られけり鴫立つ沢の秋の夕暮

「心なき身」を、喜怒哀楽を超越した出家者と考える説もあるようだが、つまらない解釈だと思う。「心なき」は「心なき」のままでいい。三十代の半ばを過ぎて、初めてこの歌の冷えに触れる思いがした。夕暮れには、寂しさも羞《やさ》しさも、すべてがあった。何を詠みたいかと問われれば、私は夕暮れを詠みたいと答えるだろう。うたわなければ、やがてはすべてを忘れてしまう。そのようなことを思いつつ、歌集のタイトルは『亡羊』とした。私の名前である。

ご指導下さる佐佐木幸綱先生、歌集をまとめるにあたりお世話になりました短歌研究社の押田晶子様に厚く御礼申し上げます。

二〇〇七年五月一日

奥田亡羊

著者略歴

1967年、京都府生まれ。
早稲田大学第一文学部卒。
佐佐木幸綱氏に師事。「心の花」会員。
1999年、短歌研究新人賞次席。
2005年、短歌研究新人賞受賞。

検印
省略

平成 十九 年六月五日 第一刷印刷発行
平成二十一年一月一日 第二刷印刷発行

歌集 亡《ぼう》羊《よう》

定価 二八〇〇円
（本体二六六七円）

著者 奥《おく》田《だ》亡《ぼう》羊《よう》
発行者 堀山和子
発行所 短歌研究社
郵便番号一一二―〇〇一三
東京都文京区音羽一―一七―一四 音羽YKビル
電話〇三（三九四四）四八二二番
振替〇〇一九〇―九―二四三七五番

印刷者 豊国印刷
製本者 牧製本

落丁本・乱丁本はお取替えいたします。
ISBN978-4-86272-038-2 C0095 Y2667E

短歌研究社 出版目録

*価格は本体価格（税別）です。

分類	タイトル	著者	判型	頁数	価格
歌集	約翰傳僞書	塚本邦雄著	A5判	二〇八頁	三五二四円 〒二九〇円
歌集	敷妙	森岡貞香著		四六判	二〇八頁 三〇〇〇円 〒二九〇円
歌集	エトピリカ	小島ゆかり著		四六判	二〇八頁 二三八一円 〒二九〇円
歌集	夏のうしろ	栗木京子著		四六判	一八〇頁 二五〇〇円 〒二九〇円
歌集	はじめての雪	佐佐木幸綱著		四六判	二三二頁 三〇〇〇円 〒二九〇円
歌集	朝の水	春日井建著		A5判	二八〇頁 三〇〇〇円 〒三一〇円
歌集	滝と流星	米川千嘉子著		四六判	二四〇頁 二六六七円 〒二九〇円
歌集	椿の館	稲葉京子著		四六判	二八〇頁 三〇〇〇円 〒三一〇円
歌集	曳舟	吉川宏志著		四六判	一六八頁 二五七一円 〒二九〇円
歌集	緑の斜面	篠弘著		A5判	一九六頁 三〇〇〇円 〒二九〇円
歌集	燃える水	春日真木子著		A5判	二二四頁 三〇〇〇円 〒二九〇円
歌集	夏羽	梅内美華子著		A5判	二〇八頁 三〇〇〇円 〒二九〇円
歌集	赦免の渚	石本隆一著		A5判	二二〇頁 三〇〇〇円 〒三一〇円
文庫本	近藤芳美歌集	近藤芳美著		A5判	二二〇頁 二二〇〇円 〒二九〇円
文庫本	大西民子歌集（増補『風の曼陀羅』）	大西民子著		A5判	一七九六頁 二二〇〇円 〒二九〇円
文庫本	岡井隆歌集	岡井隆著			二〇〇頁 一二〇〇円 〒二一〇円
文庫本	馬場あき子歌集	馬場あき子著			一七六頁 一一七一円 〒二一〇円
文庫本	島田修二歌集（増補『行路』）	島田修二著			二〇八頁 一四八一四円 〒二一〇円
文庫本	塚本邦雄歌集	塚本邦雄著			二〇八頁 一七四八円 〒二一〇円
文庫本	上田三四二全歌集	上田三四二			三四四頁 二七一八円 〒二一〇円
文庫本	春日井建歌集	春日井建著			二〇八頁 一九二五円 〒二一〇円
文庫本	高野公彦歌集	高野公彦著			一九二頁 一九〇五円 〒二一〇円
文庫本	続馬場あき子歌集	馬場あき子著			一九二頁 一九〇五円 〒二一〇円
文庫本	前登志夫歌集	前登志夫著			二〇八頁 一九〇五円 〒二一〇円